Para mis dos chicas, Korey y Penelope

MIXTO
Papel procedente de
fuentes responsables
FSC® C117695
FSC
www.fsc.org

Título original: *Ellie*
Primera edición: octubre de 2017

© 2015, Mike Wu
Copyright © 2015 by Mike Wu • All rights reserved. Published by Disney • Hyperion, an imprint of Disney Book Group

© 2017, de la presente edición en castellano:
Penguin Random House Grupo Editorial, S.A.U.
Travessera de Gràcia, 47-49. 08021 Barcelona

Realización editorial: Estudio Fénix

Printed in Spain – Impreso en España

ISBN: 978-84-488-4917-7
Depósito legal: B-14504-2017

Impreso en Soler Talleres Gráficos
Esplugues de Llobregat (Barcelona)

BE49177

Penguin
Random House
Grupo Editorial

Ellie

La elefantita creativa

por Mike Wu

Beascoa

Hacía un bonito día de invierno y Ellie estaba terminando de comer cuando el guardián del zoo vino a anunciar algo importante.

–¡Acercaos todos! –gritó–. Tengo noticias importantes.

–Hoy es un día triste –dijo–.
El zoo va a cerrar.

Los animales estaban desconsolados.

−Seguro que podemos hacer algo −le susurró
Ellie a sus amigos−. El zoo es nuestro hogar.

–Tal vez lo podamos adecentar un poco –sugirió Max.
Max siempre tenía buenas ideas.

–Yo podaré los árboles
–dijo Lucy, mordisqueando
una hoja.

–¡Ay, si mi trompa fuese un poco más larga! –exclamó Ellie.

–Yo moveré esta roca –resopló
Max, apartándola del camino.

–¡Ay, si mis músculos
fuesen más grandes!
–exclamó Ellie.

–Nosotros ya hemos limpiado
esto –dijeron los monos.

–¿Y qué puedo hacer yo para
ayudar? –se preguntaba Ellie.

Parecía que todos tuvieran algún talento.

Todos menos Ellie.

Ellie pensó en preguntarle a Gabriel qué trabajo podía hacer, pero él también estaba muy ocupado.

Cuando los monos le llamaron para que fuera, Ellie cogió el extraño objeto que Gabriel sostenía momentos antes. Por un lado era de madera lisa y por el otro tenía pelos que hacían cosquillas.

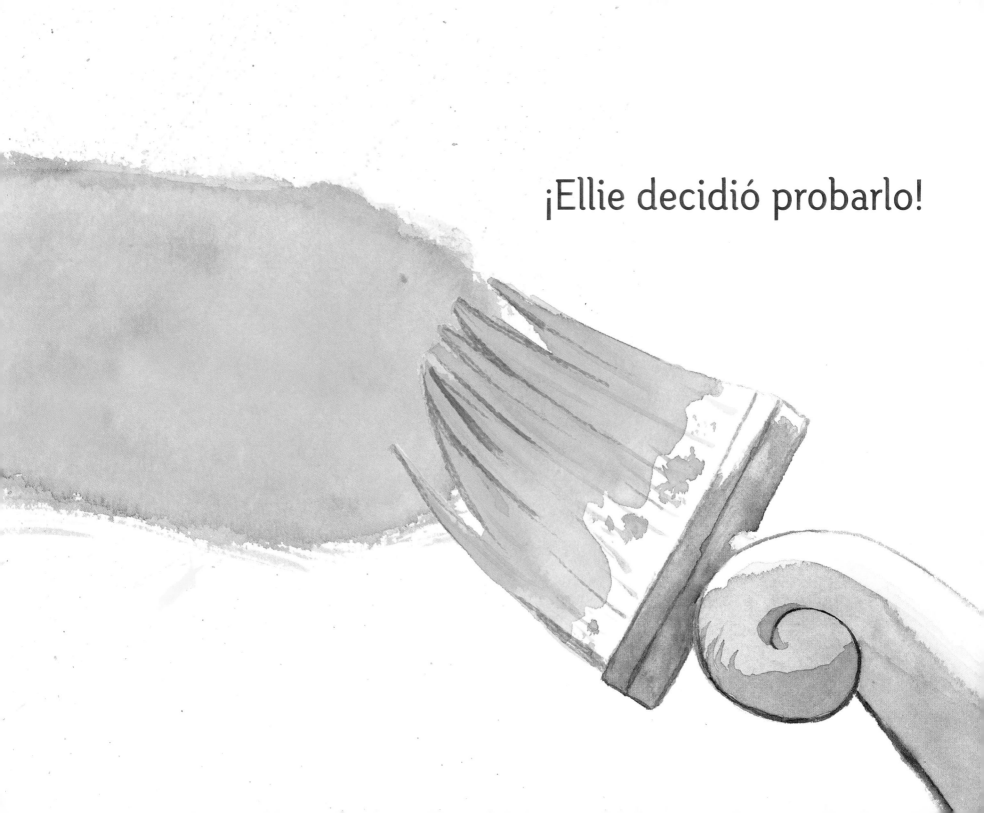

¡Ellie decidió probarlo!

Cuando Gabriel regresó y vio su creación, echó a correr camino abajo sin decir palabra.

¿Acaso había estropeado la pared?

Pronto escuchó un carrito con ruedas chirriantes que giraba la esquina.

¡A lo mejor a Gabriel sí que le gustaba su dibujo!

Ellie añadió
un color por aquí...

...y un arcoíris por allí.

¡Había tantas paredes que pintar,
y tantos colores que probar!

Ellie pintó a todos sus amigos.

Pintó a los más altos...

...a los más listos...

...y a los más callados.

Pronto corrió la voz sobre los talentos de Ellie.

Empezó a llegar gente de toda la
ciudad para que les pintara retratos.

Algunos venían con globos.

Otros venían con premios.

Ellie llegó incluso a pintar al señor alcalde sonriendo.

Pronto hubo gente de todo el mundo que venía
a ver a Ellie, la famosa elefantita pintora.

Lucy recibía a los visitantes en cuanto llegaban al zoo.

Galería Ellie

Max hacía de guía en
la galería de arte de Ellie.

Y un brillante día de primavera, con una multitud vitoreándole,
Gabriel declaró: "¡Ahora sí que hemos abierto!"

¡Gracias a Ellie!